# LE MAUVAIS MÉNAGE,

## PARODIE.

REPRESENTÉE SUR LE THEATRE
DE L'HÔTEL DE BOURGOGNE,

PAR LES COMEDIENS ITALIENS
Ordinaires du Roy.

*(Par Le Grand et Dominique, dit*
*par Lelio et*
*de La Poste.)*

*Yeh*
*11402*

## A PARIS,

Chez FLAHAULT, Libraire, au bout du Quay des
Augustins, du côté du Pont Saint Michel,
au Roy de Portugal.

---

M. DCC. XXV.

*Avec Approbation, & Privilege du Roy.*

# ACTEURS

BARBARIN.

MARIAMNE.

SIMONNE.

CLEON.

JOLI-COEUR.

MARAUDIN.

GRIFFON.

ARLEQUIN.

SCARAMOUCHE.

Troupe de DRAGONS.

Troupe d'ARCHERS.

Deux SUIVANTES de Mariamne.

La Scene est dans une Ville de Normandie, sur le bord de la Mer.

# LE MAUVAIS
# MÉNAGE,
## *PARODIE.*

## SCENE PREMIERE.

## SIMONNE, MARAUDIN,

## MARAUDIN.

OUI, cet autorité qu'un Frere vous confie,
Est reconnuë en haute & baſſe Normandie :
J'ai vollé vers Giſors, & traverſant Roüen,
Repaſſé par Avranches, & de Falaiſe à Caën,

Madame, il étoit temps ; car prompt à se dédire,
Nos Normands commençoient par tout à vous détruire :
Barbarin votre Frere à Roüen revenu,
Déja dans ces Cantons n'étoit plus reconnu ;
Et ce Prevôt altier, accusé d'injustice,
De ces fraudes devoit recevoir le supplice.
J'ai vû par ces faux bruits tout ce Peuple ébranlé,
Mais j'ai parlé, Madame, & ce Peuple a tremblé :
J'ai dit que Barbarin étoit de son affaire,
Sorti blanc comme neige, & que plein de colere
Il revenoit ici plus fier, plus orgueilleux,
Se vanger hautement de tous ses envieux.

### SIMONNE.

Il revient en effet, c'est une chose sûre,

### MARAUDIN.

Que sa femme nous va donner de tablature!
Il la verra, Madame, & va plus que jamais,
Se laisser enchanter par ses puissans attraits.
Elle va nous confondre & joüer de son reste.

### SIMONNE.

Ne craignez rien, j'ai sçû parer ce coup funeste,

Et par mon artifice obtenir un Arrêt ,
Qu'à faire executer un Exempt est tout prêt.

### MARAUDIN.

Expliquez-vous ! ...

### SIMONNE.

J'ai sçû par mes intelligences ,
Donner à Barbarin d'étranges défiances ;
J'ai même fait partir deux faux témoins exprès ,
Dont ici graces au Ciel on ne manqua jamais :
Ils ont jusqu'à Roüen été trouver mon Frere,
Et sous le faux semblant d'un avis salutaire ,
Contre sa femme ils l'ont si fortement aigri ,
Qu'il l'a fait condamner pour le Mississipy.

### MARAUDIN.

Il n'en faut point douter, ce coup est necessaire ;
Mais avez-vous prévû si l'Officier austere ,
Qui commande en ces lieux le parti de Dragons,
Que l'on a depuis peu logez dans nos Maisons :
Si Cleon, ce Marquis si fier de sa noblesse,
Souffrira que l'on ose enlever son Hôtesse ?

A iij

Il est logé chez elle , il peut dans son couroux , . . .
Mais le voici lui-même ;

### SIMONNE.

Allons , retirons-nous.

* * *

## SCENE II.

### CLEON, JOLI-COEUR, MARAUDIN,

### CLEON.

Simonne & Maraudin s'éloignent de ma vûë !
Par-là leur trahison ne m'est que trop connuë !
Maraudin, demeurez : Vous êtes un fripon;
Je vous ferai donner mille coups de bâton.

### MARAUDIN.

Monsieur , . . .

### CLEON.

De Barbarin vous empoisonnez l'ame ,
Vous étiez du complot trâmé contre sa femme ;
Je voudrois bien sçavoir ce qu'elle vous a fait ?
Il faut avoir du moins des raisons quand on haït ;

Mais, vous n'en avez point : Vous les feriez connoître,
Et vous n'êtes méchant seulement que pour l'être.
Quel caractere affreux ? Se peut-il tolerer ?
Jamais fit-on du mal sans en rien esperer ?
Quoiqu'il en soit, sçachez que je prends la défense,
De celle contre qui s'armoit votre insolence :
Vous sçavez de quel bois se chauffent les Dragons ?

### MARAUDIN.

Monsieur, . . .

### CLEON.

C'en est assez, tournez-moi les talons.

## SCENE III.

### CLEON, JOLI-COEUR,

### CLEON.

Joli-cœur, que dis-tu ? Quoi sans ton arrivée,
La belle Marianne alloit être enlevée ?

### JOLI-COEUR.

Oüi, Monsieur, un Exempt dont j'ignore le nom,
Chargé d'Ordres secrets étoit dans sa Maison :

Il avoit tout au moins douze Archers à sa suite,
Fiers comme des Cesars, enfin tous Gens d'élite,
Et qui déja par tout avoient jetté l'effroi,
Quand j'ai crié soudain, à moi Dragons, à moi;
Ils ont paru : l'Exempt & sa brave cohorte,
Ont pris tout aussi-tôt le chemin de la porte,
Et leurs jambes alors les servant à propos,
De cent coups de bâton ont garenti leur dos.

### CLEON.

Ah ! mon cher Joli-cœur, tu m'as rendu la vie;
Quoi ! sans toi , Marianne, hélas m'étoit ravie !
Et mon amour ...,

### JOLI-COEUR.

Ah ! ah ! voici du fruit nouveau :
Vous avez donc enfin donné dans le panneau ?
Vous qui pour le beau sexe aussi froid qu'une souche,
Ne l'abordiez jamais qu'avec un œil farouche ?
Vous qui voulez passer par tout pour vertueux,
De la femme d'un autre on vous voit amoureux ?

## CLEON.

Les beautez de Paris par leurs minauderies ,
Par leurs airs affectez, par leurs coquetteries,
M'avoient contre l'amour déchaîné tellement ,
Que de n'aimer jamais j'avois fait le serment :
De leurs Chignons frisez la bizarre structure,
De leurs nouveaux Paniers la ridicule amplure ;
Et sur tout de leur cœur tous les plis & replis,
Pour elles ne m'avoient inspiré que mépris.
Mais j'ai vû Mariamne , une beauté si pure ,
Tire tout son éclat de la simple nature :
Jamais dans son maintien aucun air affecté ;
Jamais dans ses discours la moindre fausseté.
Cette rare vertu, de tous les lieux bannie,
L'aimable verité qui dans la Normandie ,
N'avoit pû jusqu'ici trouver d'appartement ,
Sur ses levres habite , & loge incessainment ;
Et voila ce qui fait que je brûle pour elle ,
Mais c'est d'une maniere à vrai dire nouvelle ,
C'est sans en rien attendre , & sans rien desirer ;

## JOLI-COEUR.

Bon , quel compte ; aima-t'on jamais sans esperer ?

Vous nous la donnez belle avec un tel langage ?

### CLEON.

Excufes-moi, je fuis à mon apprentiffage :
Je te dirai bien plus, j'ignore encore comment ,
On doit s'y prendre à faire un tendre compliment ;
Mais, j'entens Mariamne, évitons fa préfence,
Je crains de proferer quelque mot qui l'offenfe.

### JOLI-COEUR.

Dites-lui franchement ce que fent votre cœur.

### CLEON.

Non, je fuis trop timide, & j'ai trop de pudeur.

### SCENE IV.

MARIAMNE, ARLEQUIN, DEUX SUIVANTES,

### MARIAMNE.

JE fuis toute effrayée, à peine je refpire,
    Arlequin demeurez ? & vous qu'on fe retire.
Un fauteüil, fans cela je ne pourrois parler.
Qu'on me cherche Cleon ?

### ARLEQUIN.

Il vient de s'en aller.

## MARIAMNE.

Hé bien dans un moment dites-lui qu'il revienne ;
En l'attenddant il faut que je vous entretienne.

# SCENE V.

## MARIAMNE, ARLEQUIN,

## MARIAMNE.

ENfin, sage Vieillard, vous voïez mes chagrins ;
Et si de mon Epoux sans raison je me plains :
Je ne vous parle point de ce nouvel outrage ;
De mon cruel Epoux vous connoissez la rage ?
Yvrogne, libertin, joüeur, traître, jaloux,
Toûjours m'injuriant ou me roüant de coups,
Vous fûtes le témoin de mon triste himenée ;
Ah ! que j'en ai maudit mille fois la journée !
Depuis ce temps , hélas ! que de cruels ennuis !
Que de malheureux jours !

### ARLEQUIN.

Et de mauvaises nuits !

A qui le dites-vous ? feu Monſieur votre Pere,
Cet honnête Normand qui fut ſi débonnnaire,
Qu'à perſonne en ſa vie il ne dit oüi ni non,
N'a-t'il pas eû de lui mille coups de bâton ?
C'étoit dans cet endroit, je reconnois la place ;
Là, votre frere encore eût la même diſgrace :
Hélas ! depuis ce temps, ils n'ont pas été loin ;
Tous deux de Medecins n'eûrent pas grand beſoin,
Pour aller voïager bien-tôt dans l'autre monde :

## MARIAMNE.

C'eſt ſur ces traitemens que ma raiſon ſe fonde,
Pour quitter un Epoux que je ne puis ſouffrir,
Et qui ne cherche enfin qu'à me faire perir.
Deja ſur mon deſſein, j'ai conſulté ma mere :
Ma fille, a-t'elle dit, vous ne ſçauriez mieux faire ;
Prenez ſans differer le chemin de Paris ;
Mais ſur-tout avec vous emmenez vos deux Fils ;

## ARLEQUIN.

C'eſt parler ſagement ; car certaine Sorciere,
Qui vous prédit jadis la mort de votre pere,

Vous dit en même-temps que vos deux Fils & vous,
Vous pourriez bien un jour périr des mêmes coups.
Mettez donc à couvert ces trois têtes si cheres ;
Et pour que vos Enfans entendent les affaires ,
A Paris mettez-les chez un bon Procureur ;
Desinteressé, franc , habile & plein d'honneur ,
( S'il s'en peut rencontrer ) je serai du voïage ;
Quand je ne serois pas prudent , discret, & sage ;
Mon âge suffiroit pour ôter tout soupçon :
Je m'offre à vous servir par tout de chaperon ;
Mais , Madame , avez-vous une voiture prête ?

### MARIAMNE.

Pour me la refuser , Cleon est trop honnête ;
Je vais lui demander , & vous de votre part,
Allez tout disposer pour notre prompt départ.

## SCENE VI.

### MARIAMNE, CLEON.
### MARIAMNE.

Monsieur, vous voulez bien que je vous remercie,
Vos Dragons, ce matin m'ont à propos servie ;

Ils ont tous fait merveille ! Hélas ! sans leur secours,
Dans le Mississipi j'allois finir mes jours..

### CLEON.

Madame, en verité c'eût été grand dommage,
Qu'un objet si charmant eût reçû cet outrage ;
Votre mari devroit être assommé de coups ,
De former des projets si cruels contre vous.

### MARIAMNE.

Ah ! Vous ne sçavez pas la centiéme partie,
Des tourmens qu'avec lui depuis long-temps j'essuïe ;
Mais laissons le passé , songeons à l'avenir ,
Connoissant ses desseins je veux les prévenir ;
Je pretends pour jamais quitter la Normandie ,
Pour aller à Paris , finir ma triste vie :
Mon mari , m'a-t'on dit , arrive incessamment ,
Et je voudrois partir dans ce même moment :
Ainsi pour ce départ , Monsieur , je m'imagine
Que vous me voudrez bien prêter votre Berline ,
Et me faite escorter par six de vos Dragons ,
Pour me mettre à couvert de toutes trahisons.
Vous ne repondez rien à mes humbles instances ?
Cependant , je vous fais , me semble , assez d'avances !

Ce silence, Monsieur, seroit-il un refus ?

### CLEON.

Non, vos prieres sont des Ordres absolus.

Mais, Madame, excusez un genereux scrupule ;

Qui pour un Officier paroîtra ridicule :

Vous êtes mariée, & je plains votre Epoux ;

Il sera trop puni s'il se voit loin de vous.

Il ne vous verra plus graces à son injustice ;

Et je sens qu'il n'est point de plus cruel supplice.

Vos yeux doux & charmans... mais qu'est-ce que j'ai fait !

Je vous ai découvert je pense mon secret :

### MARIAMNE.

La declaration, quoi qu'à vrai-dire, obscure ;

Paroît à mon honneur une cruelle injure :

Une autre à vos discours voudroit n'entendre rien ?

Mais malgré ma vertu, moi je vous entens bien.

Je vois que vous m'aimez ; & comme je suis bonne ;

Je plains votre foiblesse, & je vous la pardonne.

Quoi qu'un juste couroux en dût être le prix,

Pour si peu doit-on rompre avec ses bons amis :

Je sçai bien qu'on ne peut jamais m'aimer sans crime,

Et pourtant j'ai toûjours pour vous la même estime.

Pour la premiere fois c'eſt vous donner beau jeu ;
Si vous m'entendez mal c'eſt votre faute, à dieu.

### SCENE VII.

#### CLEON, JOLI-COEUR.

##### JOLI-COEUR.

Que veut dire cela, vous changez de viſage ?
Morbleu, la Dame en tient, allons Monſieur, courage.

##### CLEON.

Non, c'eſt une action qui n'eſt pas d'un grand cœur ;
Que de vouloir ſéduire une femme d'honneur.

##### JOLI-COEUR.

Morbleu, d'un Officier eſt-ce là le langage ?
Vous qu'on a vû cent fois au milieu du carnage, ...

##### CLEON.

Hélas ! lorſqu'à Paris j'étois petit Collet,
Je n'aurois pas été ſi ſage & ſi diſcret :
A l'ombre d'un manteau, plus hardi, plus alerte ;
J'aurois pris aux cheveux l'occaſion offerte ;

Mais

Mais je suis Colonel, & cette qualité,
Me donne auprés du Sexe une timidité ;
Qui malgré mon amour me retient & m'arrête ;
Mariamne me fait un compliment honnête,
Bien plus, à se guerir mon ame se résout,
Comme sur ma vertu toujours je me retranche . . .
Mais que veut ce jeune homme avec sa barbe blanche ?

## SCENE VIII.

### CLEON, JOLI-COEUR, ARLEQUIN.

### ARLEQUIN.

Mariamne, Monsieur, m'a dit de vous chercher,
Pour sçavoir, si bien-tôt les Chevaux, le Cocher,
Auront mangé l'avoine : Elle veut tout à l'heure
Monter dans sa Berline, & changer de demeure.

### CLEON.

Pour les faire hâter, Joli-Cœur allez-y.

B

## SCENE IX.

### CLEON, ARLEQUIN.

#### CLEON.

ENfin cette beauté va donc partir d'ici ;
Grêle , vents furieux, tonnere, pluïe, orage ;
Gardez-vous de troubler le cours de son voïage :
Soleil , luis sur sa route afin de la secher,
Chevaux qui la traînez , gardez-vous de broncher ;
Et vous qui conduisez à Paris cette belle ,
Que vous serez heureux , vous vivrez auprès d'elle

#### ARLEQUIN.

Ah ! ah ! vous aimez donc Mariamne , indiscret
Quel besoin de m'apprendre ainsi votre secret
Vous êtes bien badaut , s'il faut que je le dise,
Mais baste ce n'est pas la derniere sottise,
Que vous ferez peut-être avant la fin du jour

## SCENE X.
### CLEON.

IL a parbleu raison, avec mon sot amour,
Qui ne sçait ce qu'il veut, qui n'est d'aucun usage,
Je l'avouërai, je jouë un fort sot personnage.
La Cour m'envoïe ici, j'y suis depuis un mois,
Pour y rétablir l'ordre & calmer le Bourgeois ;
Et pour premier Exploit, sans craindre qu'on me blâme,
Du Prevôt par mes soins on enleve la femme,
Comme si j'ignorois que jamais on ne doit
Entre l'arbre & l'écorce aller mettre le doigt.

## SCENE XI.
### CLEON, GRIFFON.
### GRIFFON.

MOnsieur, préparez-vous, notre Prevôt arrive ;
Au devant de ses pas, chacun court sur la rive :
Comme il sçait son devoir, il vient publiquement,
Vous faire sa harangue ou bien son compliment.

Suivi pompeusement des tambours de la Ville.

### CLEON.

Dites lui que ce soin est assez inutile :
De tous ces vains honneurs je m'embarrasse peu ;
On y fait bonne minne & souvent mauvais jeu.

### GRIFFON.

Quoi ! de notre Prevôt vous fuïez la presence ▸

### CLEON.

Contre sa femme il peut user de violence.
Simonne & Maraudin sont des gens que je crains ;
Et qui peuvent avoir de dangereux desseins :
Je dois les prévenir dans l'ardeur qui m'anime ;
Et mon premier devoir est d'empêcher le crime.

## SCENE XII.

### GRIFFON.

Disons ici deux vers afin que Barbarin
Ne puisse rencontrer Cleon dans son chemin.

## SCENE XIII.
### BARBARIN, MARAUDIN;
### BARBARIN.

QUe veut dire ceci, Cleon auſſi me quitte ?
A qui donc venoit-il ici rendre viſite ?
Suis-je dans mon logis , ou s'il eſt dans le ſien ?
C'eſt , à dire le vrai , ce qu'on ne ſçait pas bien,
Mais ce qui me ſurprend , & ce qui m'embarraſſe,
Il a l'ordre abſolu de me remettre en place ,
Je ne ſçaurois ſans lui rentrer dans mon Emploi ;
Et quand j'arrive il joüe aux barres avec moi ;
Sans l'avoir vû je n'oſe ici parler en Maître ,
Et je ne le verrai de tout le jour peut-être ,
Je ne comprends pas bien cette conduite-là ,
Ni tout ce que je dois ſoupçonner de cela.
Quoiqu'il en ſoit, ſortez : Vous autres , qu'on me laiſſe;
Maraudin , demeurez. Accablé de triſteſſe ,
Je voudrois avec vous un peu me lamenter :
    O Ciel !
### MARAUDIN.
Quoi ! vous pleurez ? voilà bien débuter !

Comment ! ce Barbarin triomphant, plein de gloire
Qui sur ses envieux remporte la victoire,
Que j'ai peint animé des plus vives fureurs,
Commence en arrivant à répandre des pleurs.
Est-ce là ce Prevôt si fier & si severe,

### BARBARIN.

Ah ! Mon ami j'ai bien changé de caractere :
Je suis défiguré d'une telle façon,
Qu'on me méconnoîtroit aujourd'hui, sans mon nom.

### MARAUDIN.

Vous avez l'air galant, & des plus à la mode,
Et l'on ne dira pas il est plus vieux qu'Herode ;

### BARBARIN.

Sçais-tu bien d'où je viens dans ce même moment ?

### MARAUDIN.

Non.

### BARBARIN.

De voir Mariamne en son appartement :
Je me suis derobé sans rien dire à personne,
J'ai trompé tous mes Gens, jusqu'à ma Sœur Simonne.

### MARAUDIN.

Mariamne a fauté d'abord à votre cou?

### BARBARIN.

Non, j'ai voulu fauter au fien.

### MARAUDIN.

                Etes vous fou?

Quoi! malgré les fujets de colere & de haine,
Que vous a jufqu'ici donné cette inhumaine;
Vos refpects dangereux nourriffent fa fierté.

### BARBARIN.

Elle me hait! Hélas je l'ai bien merité,
Aprés le traitement que j'ai fait à fon pere;
Je devois bien m'attendre à toute fa colere,
C'en eft fait, à m'aimer je pretends l'engager;
Et de tous mes défauts je veux me corriger,
Je veux des bons maris devenir le modele,
Et par mon repentir me rendre digne d'elle:
En un mot je pretends vivre en homme de bien,
Et gagner tous les cœurs pour mériter le fien;
Il le faut avoüer, j'ai dans la Normandie
Hanté jufques-ici mauvaife compagnie;

Quoiqu'on me faſſe accuëil en cent lieux differens;

Je n'ai pas un ami qui me prêta vingt francs:

Ma ſœur vindicative, arrogante, ſevere,

N'a dans le fond du cœur jamais aimé ſon frere;

Elle eſt bigotte, enfin, c'eſt tout dire, & jamais

Elle ne m'inſpira, que des conſeils mauvais:

Toutes ces prudes-là ne vallent pas la maille,

De chez moi dans ce jour je veux qu'elle s'en aille,

Et que ma femme ſoit maîtreſſe en ma maiſon;

### MARAUDIN.

Quoi! Monſieur, vous voulez…

### BARBARIN.

Je le veux, j'ai raiſon.

Allez-vous-en trouver tout de ce pas ma femme,

Peignez lui les remords qui déchirent mon ame,

Et le vrai repentir que je ſens dans mon cœur;

Peignez lui mon amour… mais on vient, c'eſt ma ſœur.

## SCENE XIV.

### BARBARIN, SIMONNE.

#### SIMONNE.

EH bien vous venez donc de voir votre Pimbeche ;
Est-elle toujours fiere, & toujours pigrieche,
Avez-vous bien encore essuïé des mépris ?

#### BARBARIN.

Ma sœur n'aigrissez plus, s'il vous plaît, mes esprits,
Et ne me rompez pas la tête d'avantage :
Depuis assez long-temps vous broüillez mon menage,
Je m'en lasse à la fin, je vous le tranche net,
Pour sortir de chez moi faites votre paquet,
Délogez sans trompette.

#### SIMONNE.

Ah ! quelle ignominie !

#### BARBARIN.

Un Prevôt vous l'ordonne, un frere vous en prie,

Faites le diable à quatre, emportez-vous, peſtez ;
Murmurez, plaignez-vous, plaignez-moi, mais partez.
### SIMONNE.
Je ne me plaindrai point de voir votre ame dure ;
A votre paſſion immoler la nature,
Je n'attends pas de vous ces tendres ſentimens,
De l'amour Fraternel trop juſtes mouvemens ;
Je ſçai qu'en vos pareils, le ſang ne touche guere,
Et qu'un Prevôt Normand feroit pendre ſon pere ;
Mais croïez-vous qu'aprés ce que vous avez fait,
Mariamne oubliera jamais ce dernier trait ?
Aprés ce que contre-elle on vous vit entreprendre...

### BARBARIN.
Non ma ſœur taiſez-vous, je ne veux rien entendre ;
Je crois que par vos ſoins je fus toûjours trahi,
Et que ſans vous enfin j'euſſe été moins haï.

### SIMONNE
Ah c'eſt trop endurer un diſcours qui m'offenſe ;
Deuſſiez-vous m'en punir je romprai le ſilénce :
Frere dénaturé, benêt, crédule époux,
Pauvre duppe, apprenez ce qui ſe fait chez vous :

C'est peu que Mariamne orgueilleuse & severe,
Dans ses rigueurs pour vous, jusqu'au bout persevere,
Et que de ses mépris vous soïez convaincu,
C'est peu de vous haïr, elle vous fait cocu;

## BARBARIN.

Elle me fait cocu, pouvez-vous bien cruelle
Annoncer à mon front une telle nouvelle,
Nommez-moi, nommez-moi, l'indigne suborneur,

## SIMONNE.

Vous le voulez?

## BARBARIN.

Parlez je l'ordonne?

## SCENE XV.

BARBARIN, SIMONNE, MARAUDIN,

## MARAUDIN.

AH! Monsieur;
Venez, ne souffrez pas que le crime s'acheve;
Votre épouse vous fuit, & Cleon vous l'enleve.

# LE MAUVAIS

### BARBARIN.

Mariamne ! Cleon ! qu'entends-je ! justes Cieux ?

### MARAUDIN.

Cleon & ses Dragons sont sortis de ces lieux ,

Il les a tous conduis au-de-là de la porte ,

Il place auprès des Murs une secrette escorte ;

Mariamne dans peu le doit aller chercher ,

Monter dans sa Berline , & puis touche Cocher.

### BARBARIN.

Ah tête ! ah ventre ! ah mort ! coutons à la vengeance ;

On verra ce que c'est qu'un Prevôt qu'on offense :

Surprenons l'infidelle , & quant à son Mignon ,

Je prétends lui joüer un tour de ma façon.

Déja pour commencer , dans l'ardeur qui m'enflâme ;

Je vais dire par tout qu'il couche avec ma femme.

### SIMONNE.

La plaisante vengeance ; & pendant ce temps-là,

Mariamne avec lui , de ces lieux partira ,

Ordonnez qu'on l'arrête en toute diligence ,

Et confiez le soin du reste à ma prudence ;

Cependant dans ma chambre allez vous repofer.

### BARBARIN.

Non ma Sœur, je voudrois l'entendre un peu jafer.

Elle ignore à quel point la rage me furmonte,

Je prétens la confondre & la couvrir de honte ;

Joüir de fa douleur...

### SIMONNE.

Mon Frere je crains bien...?

### BARBARIN.

Je vous réponds de tout, ma Sœur, ne craignez rien,

Je n'ai pas, graces au Ciel, comme on fçait, le cœur tendre .

C'eft pour la mieux punir que je prétends l'entendre,

Je veux que fon afpect augmente mon couroux,

Qu'on la faffe venir ; & vous, retirez vous.

## SCENE XVI.

### BARBARIN.

A Quoi te refous-tu ? que veux-tu d'avantage,

Quoi ! n'eft-tu pas affez inftruit de ton dommage ?

Epoux infortuné, faut-il pour t'animer,

Que ta femme elle-même ofe le confirmer ?

Vas-tu lui demander pour mieux fçavoir la chofe;

Qui ? quoi ? par quels fecours ? le tems, le lieu, la caufe ?

Comment...ah! fans vouloir chercher plus de clarté,

Ne te fuffit-il pas de l'avoir merité ?

Si les meilleurs maris & les plus raifonnables ;

Ne font pas à couvert de difgraces femblables,

Cruel, brutal, jaloux, ofois-tu te flater,

Que de la Confrairie on voulut t'excepter ?

Rends-toi, rends-toi juftice, & fans tant de fcrupule ;

Comme ceux que tu vois, avalle la pilulle ;

Mais voici Mariamne, & je fens la fureur

Qui vient tout de nouveau s'emparer de mon cœur.

## SCENE XVII.

### BARBARIN, MARIAMNE,
*foûtenuë par deux Suivantes.*

### MARIAMNE.

Que vois-je ? où suis-je ? où vais-je ? ah ! ma force
    succombe,
Filles, soûtenez-moi de peur que je ne tombe,
Ah ! j'ai crû voir le diable en voïant mon Epoux ;
Eh bien pour quel dessein ici m'appellez-vous ?
Est-ce pour m'assommer ; dépêchez au plus vîte ;
Du tourment qui m'attend, je voudrois être quitte ;

### BARBARIN.

Non, non, auparavant je veux vous écouter :
Dites quelle raison vous faisoit me quitter ?
A quoi tendoit enfin ce beau pelerinage ?
Quand on a de l'honneur quitte-t'on son menage ?

### MARIAMNE.

Pouvez-vous de ma fuite ignorer le sujet ;
Barbare Epoux aprés ce que vous m'avez fait ?

Et jamais un Breton dans sa plus grande ivresse ;
Traita-t'il une femme avec plus de rudesse ?
Et vous osez vous plaindre, & demander pourquoi ;
J'ose sans votre aveu m'éloigner de chez moi ?
Quoi qu'ici votre esprit malin vous persuade,
Vous sçavez-bien que c'est ma premiere escapade,
Depuis plus de cinq ans que je vis dans vos fers,
Chaque jours exposée à cent chagrins divers,
Voulant me retirer d'un cruel esclavage,
Je m'étois resolue enfin à ce volage ;

### BARBARIN.

Et pour dans le chemin ne vous point ennuier ;
Vous allez voiager avec un Officier,
Et de Dragons encore, la partie est jolie ;
Et mon front...

### MARIAMNE.

Ah ! tout doux, arrêtez je vous prie,
Et ne m'insultez pas par vos soupçons jaloux,
Respectez Mariamne, & même son Epoux.

### BARBERIN.

Perfide il vous sied bien de proferer encore ;
Un nom que votre amour aujourd'hui deshonore ;

### MARIAMNE.

## MARIAMNE.

Ah ! ne le croïez pas : non d'un honteux affront ;
Votre femme jamais ne tacha votre front :
Vous le méritiez bien, après vos injustices ;
Vos cruels traitemens ; vos bizarres caprices :
Mais vous aviez pour femme un phénix en vertu ;
Et qui vous eût aimé si vous l'aviez voulu.

## BARBARIN.

Hé bien ! faisons la paix, quand tu serois traitresse ;
Je te pardonne tout ; & te rends ma tendresse ;
Considere par-là l'amour que j'ai pour toi,
Et me voïant si bon, en revanche, aime-moi ;
Va, touche dans la main ;

## MARIAMNE.

Ah ! que voulez-vous faire ?
Songez que votre main a maltraité mon pere !

## BARBARIN.

Eh bien ! oüi, tu te plains avec juste raison,
Oüi ton pere expira sous mes coups de bâton ;
Mais tu dois oublier un si sensible outrage,
Songe qu'à cet oubli mon repentir t'engage ;

C

L'effort de ces vertus que renferme ton fein ;

Confifte à pardonner fur tout à ton prochain.

### MARIAMNE.

Ah ! fi ce repentir étoit bien véritable !

### BARBARIN.

Oüi, rien n'eft plus fincere, ou je me donne au diable;

Si du paffé je puis obtenir le pardon,

Tu me verras plus fouple & plus doux qu'un mouton?

Enfemble nous vivrons dans nos ardeurs fideles,

Comme deux vrais Agneaux, comme deux tourterelles;

Sans ceffe jour & nuit je te carefferai,

Je te bouchonnerai, baiferai, mangerai :

Quelle preuve veux-tu de mon amour extrême ?

Veux-tu me voir pleurer, me voir battre moi-même ?

Veux-tu que je m'arrache un côté de cheveux ?

Veux-tu que je me tuë ? oüi, dis fi tu le veux ?

Je fuis tout prêt . . .

### SCENE XVIII.

### BARBARIN, MARIAMNE, GRIFFON.

#### GRIFFON.

MOnsieur, Cleon est dans la place ;
Il fait le Diable, il jure, il tempête, il menace,
Il vient, il va paroître, & veut dans son dépit…

#### BARBARIN.

Hola, je me dedis de tout ce que j'ai dit,
Ah perfide ! ah guenon ! ah traitresse ! ah friponne !
Quoi! dans le même tems que mon cœur vous pardonne.

#### MARIAMNE.

Allez, vous radotez, un si prompt changement
Revolte tout le monde, & n'a nul fondement ;
Et je dois être mise au nombre des plus folles,
De m'être ainsi renduë à vos tendres paroles,
Aprés tous mes malheurs, c'étoit bien à mes yeux ;
De vous lancer encore des regards amoureux ;

C ij

Mais supposé tantôt que je fusse coupable ;
Depuis votre pardon, qu'ai-je fait de blâmable ?
Puis-je ... mais si Cleon touché de mes malheurs ;
Veut peut-être empêcher l'effet de vos fureuts ,
Puis-qu'ainsi, sans sujet s'enflâme votre bile ,
Cette Scene si tendre étoit bien inutile.

### BARBARIN.

J'agis sans regles , moi, je me mets au-dessus ;
Mais c'est trop écouter des discours superflus ;
Qu'on me la garde ici, liée & garottée ,
Et vous braves Recors dont la troupe augmentée
Par la Maréchaussée, & la Pousse, & le Guet ,
Est plus que suffisante à remplir mon projet :
Venez-vous retrancher au-devant de ma porte ;
Et sur tout empêchez qu'aucun n'entre ou ne sorte ;
Les Dragons de Cleon autre part dispersez ,
Ne feront pas si-tôt en un corps ramassez ;
Nous ferons six contre un avant qu'il les rassemble.
Hâtons-nous, & sur-tout qu'aucun de vous ne tremble ;
C'est tout ce que je crains ...

## SCENE XIX,

### BARBARIN, MARIAMNE, SIMONNE, ARCHERS.

### SIMONNE.

MOn Frere, où courez-vous ?
'Ah ! voici les Dragons qui viennent, fauvons-nous,
Ils veulent de vos mains arracher Mariamne ;
Maraudin a déja reçû cent coups de canne,

### BARBARIN.

'Allons... je veux... j'ordonne... il faut... ah! malheureux...
Je m'égare, & ne fçai ma foi ce que je veux.

## SCENE XX.

### MARIAMNE,

TAndis que l'on fe bat, & qu'un moment me refte,
Compofons quelques vers fur mon deftin funefte ;

C iij

Les stances n'étant plus à présent de saison ;
En vers alexandrins faisons notre Oraison.

O Ciel-! fut-il jamais plus triste destinée,
De Parens opulens en ces lieux je suis née,
Tous Prevôts ou Baillifs, & pour tout dire enfin ;
Mon Pere étoit issu du sang chicanéen,
A quinze ans mille attraits brilloient sur mon visage ;
J'étois belle & bien faite, & sur tout j'étois sage :
On vouloit m'épouser si-tôt qu'on me voïoit,
Que de coups de chapeau mon pere recevoit !
Mais il refusoit tout, hélas ! on peut bien dire,
Qu'en voulant trop choisir souvent on prend le pire :
Pour Barbarin enfin mon pere décida,
Et quelque temps après cet amant m'épousa.
Pendant les premiers jours il étoit doux, traitable,
Mais au bout de deux mois, hélas ! ce fut un diable ;
A mon pere en un an il fit trente procès ;
Et les aïant perdus s'en vengea tôt après.
Il l'assomma de coups : O souvenir terrible!
Mais parlons du présent, il est bien plus sensible ;

Il me faut donc partir pour le Missisipi,
Sans que de ses soupçons mon mari soit gueri,
Et pour dire encore plus, dans mon état Funeste;
On m'ôte pour si peu de vertu qui me reste :
Il faut donc sans honneur m'éloigner de ces lieux,
Mais qu'est-ce que j'entends ? & quel tapage affreux !
A grands coups redoublez, on enfonce la porte.
Et qui peut donc ainsi s'en venir à main forte !
Je ne sçais que penser ! que vois-je ! c'est Cleon,
Il vient me secourir, helas qu'en dira-t'on ?

## SCENE XXI.

### MARIAMNE, CLEON, DRAGONS, ARCHERS,

### CLEON.

ARchers disparoissez, fuiez troupes pagnottes, *
Et vous braves Dragons mettez-leur les menottes.
Allons Madame, allons, suivez-moi promptement,
Tandis que mes Dragons combattent vaillamment :

* *Les Archers s'envont.*

C iiij

Je me suis doucement esquivé sans rien dire ;
Souffrez que de ces lieux en hâte on vous retire :
Le tems presse; venez ;

### MARIAMNE.

Alte-la , s'il vous plaît ;
Respectez mon honneur , laissez-le tel qu'il est ;
Les soupçons d'un Epoux n'y font que trop d'outrage ,
Sans que l'on aille encore l'alterer d'avantage ,
Quand Barbarin combat & se trouve en danger ,
Je dois moins que jamais de ces lieux déloger :
De mon Epoux encore la personne m'est chere ;
Je tremble pour ses jours!...

### CLEON.

La plaisante chimere ;
Quoi cet Epoux cruel , furieux , & jaloux ...

### MARIAMNE.

Tout ce qu'il vous plaira , c'est toujours mon Epoux,

### CLEON

Il ne s'en souvient plus ,

### MARIAMNE.

Je m'en souviens encore,

Ce nom m'est precieux ;

### CLEON.

Mais il le deshonore·

### MARIAMNE.

Eh bien c'est son affaire.

### CLEON.

Il consent aujourd'hui ;
A ne vous plus revoir.

### MARIAMNE.

Et bien tanpis pour lui,

### CLEON.

Il vous hait à la mort.

### MARIAMNE.

Tant mieux cela me flatte,

### CLEON,

Il peut vous maltraitter.

### MARIAMNE.

Et je veux qu'il me batte,

### CLEON.

Pour le Mississipi...,

MARIAMNE.

Je n'en ai point d'effroi ;

CLEON.

Il vous fait embarquer.

MARIAMNE.

Vous n'irez pas pour moi,

CLEON.

Ah je perds patience & de bon cœur j'enrage ;
Mais c'est trop m'amuser à tout ce badinage :
Retournons au combat qu'il falloit achever,
Avant que de venir ici vous retrouver.

## SCENE XXII.

### MARIAMNE.

ARrêtez ; où va-t'il cet étourdi ? je tremble ;
Mais c'eut été bien pis qu'on nous eut vûs ensemble,
Pelotter les bons mots, & nous les renvoier,
Pour voir à qui des deux resteroit le dernier,
Tandis que c'est pour moi qu'on se bat, qu'on se tuë,

Que mon mari peut-être expire dans la ruë ;
Et que d'ailleurs Cleon qui fait tout ce fracas ;
Laisse battre ses gens, & ne s'y trouve pas.

✻✻✻✻✻✻✻✻✻✻✻✻✻✻✻ ✻✻✻✻✻✻✻✻✻✻✻✻✻✻✻

## SCENE XXIII.

### MARIAMNE, ARLEQUIN.

#### MARIAMNE.

MAis je vois Arlequin ; hé bien ! quelles nouvelles?

#### ARLEQUIN.

Ah ! Madame, vraïement j'en apporte de belles.

#### MARIAMNE.

Que viendrois-tu m'apprendre? est-ce que mon Epoux...

#### ARLEQUIN.

Ne craignez rien pour lui , ne craignez que pour vous,
Allez Cleon & lui sont d'une égale force ,
Et si leurs Pistolets avoient eû de l'amorce,
On auroit vû beau jeu.

#### MARIAMNE.

     Mais pourquoi me dis-tu
Que je craigne pour moi ? que sçais-tu? qu'as-tu vû ?

## ARLEQUIN.

Je n'ai rien vû de près, mais on m'a dit, Madame ;
Que votre Epoux suivant la fureur qui l'enflâme ;
Avant que de combattre avoit chargé Zarés,
D'executer ici quelques ordres secrets :
Cet Huissier est poltron autant que je puis l'être ;
Et je viens vous défendre, il n'a plus qu'à paroître.

## MARIAMNE.

Non, non, le Ciel m'inspire un plus noble dessein ;
Et mon honneur m'invite à faire un coup de main :
Aux pieds de mon Epoux je vais porter ma tête,

## ARLEQUIN.

Et s'il va la couper : ne soïez pas si bête.

## MARIAMNE.

N'importe, sans trembler je prétends aujourd'hui ;
M'offrir à tous les coups qu'on va lancer sur lui.

## SCENE XXIV.

### ARLEQUIN.

Tandis que d'un côté Mariamne s'esquive ,
De l'autre son époux au même instant arrive ,

Ma foi c'est un hasard qu'ils ne se soient point vûs ;

SCENE XXV.
BARBARIN, GRIFFON,
*armé ridiculement.*
BARBARIN.

EH bien braves récords, nous avons le dessus ;
Cleon hors de combat, blessé d'un coup de pierre ;
Plusieurs de ses Dragons par nous couchez par terre ;
Ont obligé le reste à s'éloigner d'ici ,
Sans que leur beau projet ait enfin reüssi ;
Du nombre il est bien vrai , nous avions l'avantage ;
Mais le nombre n'est rien si l'on n'a du courage ,
Vous en avez fait voir , je suis content de vous.

GRIFFON.

Je crains bien que Cleon ne retombe sur nous ;
Ses Dragons sont mutins, s'il faut qu'il les ralie.

BARBARIN.

Et que me feront-ils , Mariamne est partie ;
Ou doit l'être du moins. Zarés secretement
A dû tout preparer pour son embarquement.

Cependant dans mon cœur des alarmes fecretes. ..
Mais effaçons fon nom de deffus mes tablettes,
Elle fut infidelle , & me fit enrager,
C'étoit trop à la fois, il n'y faut plus fonger;
Prenons que je fois veuf ; mais helas je friffonne,
Que vois-je ! à la douleur mon ame s'abandonne :
Qu'eft-il de plus touchant que de voir Arlequin,
Les yeux baignez de pleurs, un mouchoir à la main,
Venir faire un recit , & patetique & tendre.

***************:***************

## SCENE XXVI.

### BARBARIN, GRIFFON, ARLEQUIN, ARCHERS.

### BARBARIN.

AH! mon cher Arlequin, que venez-vous m'apprendre!
Mariamne eft partie apparament :

### ARLEQUIN.

Helas;
Haie...ouf...

### BARBARIN.

Expliquez-vous & ne fanglottez pas;

**ARLEQUIN.**

Je ne fçaurois parler tant ma douleur eft forte,

Ma voix ne peut fortir & demeure à la porte.

**BARBARIN.**

Tous ces retardemens font ici fuperflus ;

Où Mariamne eft-elle ?

**ARLEQUIN.**

Helas ! elle n'eft plus ;

**BARBARIN.**

Qu'entends-je, elle eft partie.

**ARLEQUIN.**

Aprenez davantage

A mes yeux, le vaiffeau vient de faire naufrage,

**BARBARIN.**

Quoi ! ma femme eft noïée ?

**ARLEQUIN.**

Il le faut bien juger,

A moins que par bonheur elle ne fçût nager ;

Je vous dirai bien plus, elle étoit innocente.

**BARBARIN.**

Ah ! que m'aprenez-vous, mon defefpoir augmente,

Elle étoit innocente ; ah ! je veux me tuer . . .

**ARLEQUIN.**

Souffrez auparavant que je puiffe achever,

### BARBARIN.

Achevez, achevez.

### ARLEQUIN.

Alors qu'elle est partie ;
Elle alloit au combat pour vous sauver la vie,
Et c'est dans ce moment que le traître Zarés ;
L'a conduite à la mer.

### BARBARIN.

O sensibles regrets !

Poursuivez.

### ARLEQUIN.

Que dirai-je ! en passant dans la ruë ;
On voïoit sur son front la vertu toute nuë,
La modeste innocence & la chaste pudeur ;
Regnoient sur son visage ainsi que dans son cœur ;
Son teint sage & discret , sa bouche scrupuleuse ;
La candeur de ses yeux , sa gorge vertueuse ... ;

### BARBARIN.

Quel galimathias , finissez promptement.

### ARLEQUIN.

Elle joint le Vaisseau , le monte sagement ;

Il fait voile, & chacun lui crioit bon voïage,
Quand soudain il s'éleve un furieux orage,
Dont le Vaisseau surpris tout prêt à se noïer ;
Descendoit à la cave & montoit au grenier,
Tant enfin qu'il survient un affreux vent de bise ;
Qui contre un fier Rocher en cent morceaux le brise.
Après cet accident vous voïez bien hélas,
Que votre femme est morte & n'en reviendra pas.

### BARBARIN *se relevant.*

Quoi ! Mariamne est morte & j'en suis l'homicide !
'Ah coquine de Sœur ! ah traitresse ! ah perfide !
Mais hélas ! je succombe, & je trouve à propos,
De prendre en ce fauteüil un moment de repos.

### ARLEQUIN.

Pour calmer la douleur de ce coup qui l'assomme,
Laissons le, s'il se peut, dormir un petit somme.

### BARBARIN, *revenant de sa pamoison.*

Je ne sçais d'où je viens, je me sens tout rêveur ;
Je ne vois point ici ma femme ni ma sœur,
'Appellez Mariamne.

D

ARLEQUIN.

En voici bien d'un autre.

BARBARIN.

Vous pleurez Arlequin, quel chagrin est le votre ?

ARLEQUIN.

Mariamne n'est plus : vous mocquez-vous de nous ;
Les morts revivent-ils ?

BARBARIN,

Ah ! que me dites-vous ?
Qui vous fait me tenir un discours de la sorte ?

ARLEQUIN.

Avez-vous oublié que votre femme est morte ?

BARBARIN.

Quoi Mariamne est morte ?

ARLEQUIN.

Il a perdu l'esprit,
Le pauvre homme extravague & ne sçait ce qu'il die,
Je vous viens dans l'instant d'apprendre son naufrage.

BARBARIN.

Ah ! je sens redoubler ma douleur & ma rage,

Venez, accablez-moi, Normands qui la perdez,
Noïez-moi dans vos flots, mer qui la possedez.

≈§§≈ ≈§§≈ ≈§§≈ ≈§§≈ ≈§§≈ ≈§§≈ ≈§§≈ ≈§§≈

## SCENE DERNIERE.

### BARBARIN, ARLEQUIN, GRIFFON, SCARAM.

### ARCHERS.

### SCARAMOUCHE.

AH Monsieur, apprenez une étrange nouvelle,
Votre Epouse est vivante & dans une nacelle,
On vient dans ce moment de l'amener à bord.

### BARBARIN.

Ah que je suis heureux ! que je benis mon sort ;
A present que je sçais qu'elle fut toûjours sage,
Je pretends desormais faire un meilleur menage.
Messieurs vous le voïez, ce racommodement
D'une piece Comique est le vrai denouëment.
Il faut finir ainsi, pour que la Parodie
Ne soit point confonduë avec la Tragedie.

### FIN.

✠✠✠✠✠✠✠✠✠✠✠✠✠✠✠✠✠✠✠✠✠✠✠✠✠✠✠✠✠✠✠✠✠✠✠✠

De l'Imprimerie de LOUIS SEVESTRE,
Pont S. Michel.

✠✠✠✠✠✠✠✠✠✠✠✠✠✠✠✠✠✠✠✠✠✠✠✠✠✠✠✠✠✠✠✠✠✠✠✠

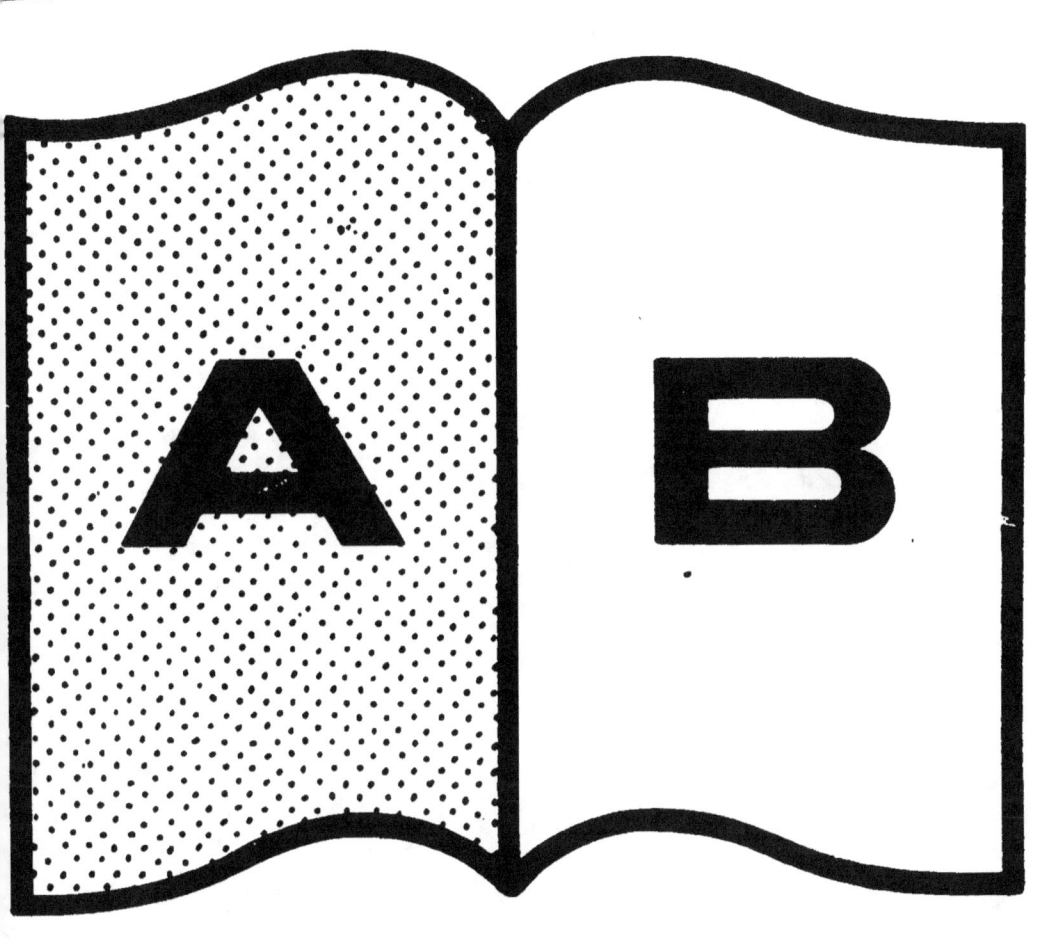

Contraste insuffisant

**NF Z 43-120-14**

0  1  2     4  5  6     8  9  10

**SERVICE   PHOTOGRAPHIQUE**

www.ingramcontent.com/pod-product-compliance
Lightning Source LLC
Chambersburg PA
CBHW061650180626
46818CB00003B/1031